예보에 없던 비가 내립니다

예보에 없던 비가 내립니다

초판 1쇄 인쇄일 2024년 10월 25일
초판 1쇄 발행일 2024년 11월 5일

지은이 최은비
펴낸이 양옥매
디자인 표지혜 송다희
마케팅 송용호
교   정 조준경

펴낸곳 도서출판 책과나무
출판등록 제2012-000376
주소 서울특별시 마포구 방울내로 79 이노빌딩 302호
대표전화 02.372.1537 **팩스** 02.372.1538
이메일 booknamu2007@naver.com
홈페이지 www.booknamu.com
ISBN 979-11-6752-537-6 (03800)

예보에 없던 비가 내립니다

최은비 시집

책과나무

시인의 말

어떤 날은 하늘을, 또 어떤 날은 달과 꽃을 바라보며 사색
에 잠기곤 합니다. 그렇게 일상 속에서 바라본 대상들을
통해 자연스레 제 과거와 현재, 그리고 미래를 떠올리고,
그 안에 담긴 감정을 느끼며 글로 표현합니다.
제가 쓰는 글이 비단 저만의 이야기가 아니라, 같은 감정
을 공유하는 분들이 계실 것이라는 믿음으로 적어 내려
갑니다. 몇 년 동안 기록해 둔 메모들이 다듬어지고 다듬
어져 몇 줄의 시가 되었을 때, 그 안에 담긴 감정들이 독
자분들에게도 전해지기를 바랍니다.

이번 시집에는 제목 없이 한 줄로만 표현된 글도 있습니
다. 문득 떠오른 순간과 단어가 누군가에게는 의미를 전
달할 수 있지 않을까 하는 마음에서 담아 본 글들입니다.
짧지만 깊은 여운이 독자 여러분의 마음에 닿기를 기대
해 봅니다.
가장 애정하는 시를 하나 고른다면, 저는 「소나기」와 「여

우비」를 선택하고 싶습니다. 이 시는 제목과도 잘 어울리며, 짧은 문장 안에 상황과 감정을 온전히 담아냈다고 생각하기 때문입니다. 이 시가 독자분들에게도 깊은 공감을 불러일으킬 수 있기를 바랍니다.

누군가는 저에게 지나치게 예민하고 감정적이라고 말하기도 했습니다. 타고난 기질이라 어쩔 수 없다는 생각을 한 적도 있지만, 많은 심리학자들이 말하듯, 예민함은 창의성의 근원이 될 수 있습니다.
저 역시 이러한 예민함과 공감 능력을 글과 음악으로 표현해 왔고, 그것이 저에게 큰 성취로 돌아왔습니다. 혹시 이 글을 읽는 분들 중 "예민하다"는 말을 듣고 스스로를 탓하시는 분들이 계시다면, 그것은 결코 잘못이 아니라고 말씀드리고 싶습니다. 우리는 예민함을 통해 세상에 좋은 영향을 미칠 수 있습니다.

그리고 제가 2년 가까이 운영 중인 독서 모임이 있습니다. 우리 소소책방의 80여 분 회원님들께도 진심으로 감사드립니다. 늘 격려해 주시고, 이 시집의 출판을 응원해 주신 덕분에 이 책이 세상에 나올 수 있었습니다.

끝으로, 이 시집이 완성될 수 있도록 힘써 주신 출판사 관계자분들께도 깊은 감사의 인사를 전합니다. 여러분의 세심한 도움 덕분에 저의 목소리가 온전히 담긴 이 책이 완성될 수 있었습니다.

이 시집을 읽어 주신 모든 분들께, 그리고 오늘도 상처 속에서 서서히 무뎌지며 일상을 살아가고 계시는 모든 분들께 "괜찮다, 잘하고 있다"는 따뜻한 위로의 말을 전하며 이 글을 마칩니다.

최은비

차례

1부 잠이 오지 않는 밤

그 순간이 좋다   15

눈사람   16

어항   18

혼잣말   19

사랑 그 무언가   20

안부   21

여름밤 1   22

한강에서의 피크닉   23

만남   24

잠이 오지 않는 밤   26

꽃다발   27

가로등 불빛   28

나카스강   29

행복이 찾아왔으면 해요   30

국화꽃 한 송이   32

불안   33

편안한 밤 보내세요   34

2부 거꾸로 매달린 꽃

예보에 없던 비가 내립니다   37

여우비   38

먼저 가렵니다   39

교차로   40

도무지   41

무류(無謬)   42

안개비   43

허영   44

거꾸로 매달린 꽃   45

놀이터   46

공백   48

볕뉘   49

여름밤 2   50

비행기   51

유성(流星)   52

허락되지 않은 봄   53

3부　곁에 머무를 수 없다면

허수아비	57
청춘 영화	58
그해 여름	59
상사화	60
예정된 슬픔	62
사랑하지 않은 것처럼	64
꽃	65
끝은 정해져 있다	66
얄궂은 장난	67
곁에 머무를 수 없다면	68
긴 말 필요 없어요	70
미완성	71
딱 거기까지,	72
봉숭아꽃	73
궤도	74
소나기	75
타인의 방	76

1부

잠이
오지 않는 밤

내 마음을 아는지 모르는지

무심히 내리는 비를 원망하면서도

하염없이 너를 기다리는 밤

그 순간이 좋다

바다를 보아도 생각이 난다
머리 위를 지나는 비행기를 보아도 생각이 난다

그때의 그 온도, 바람이
조금만 느껴져도 나는 생각이 난다

기쁨보다 슬픔이 많은 날들이었는데
왜 잊히지 않을까
그 시절 함께했던 노래가 우연히 들려도
이제는 슬프지 않다
그냥 잊히지 않을 뿐

그런데 꼭 잊어야 하는 걸까?
가끔 그런 의문이 든다

눈사람

괜스레 마음이 헛헛한 것은
구슬픈 멜로디의 피아노 연주곡 때문일까
아니면 이 겨울을 함께 보냈던
고양이 생각에서 비롯된 것인가

퇴근 후 집에 들어가는 길
아파트 놀이터에
누군가 만들어 놓은 눈사람을 보며
나는 왜 너가 떠오르는 것인가
나는 왜 너가 떠오를까

지나가는 고양이

서글픈 울음소리에

고개를 돌려보고는

애써 태연한 척

발걸음을 옮긴다

나는 왜 헛헛할까

어항

어항 속 한 마리 물고기가 되고 싶다
그렇게 하루 종일 바라볼 수 있고
곁에 있을 수 있다면
나에게 이름을 지어 준다면

한 마리 물고기가 되고 싶다

혼잣말

잠시 쉬었다 가도 되겠냐고
그래도 되겠냐고
새들에게 물어본다
바람에게 물어본다

굳이 이 더운 날
이곳에 왜 왔냐고 물어본다면
마음의 안정과
속세에 대한 미련을 버리러 왔다고
맨드라미꽃 주위를 맴도는
흰나비에게 대답한다

사랑 그 무언가

사랑이 아닌 사랑과 오기 속에서

안부

이 모든 것은 어쩌면
마음속 하고 싶은 말을 전하고 싶어
한 글자 한 글자 적어 본다

미처 만나지 못하는 그대에게
다시 볼 수 없는 그대에게

잘 지내나요?
이 한마디 묻고 싶어 적고 또 적는다

여름밤 1

다가오는 여름밤이
벌써부터 걱정이 되는 날입니다

조금만 천천히 다가가고
조금만 빠르게 다가왔더라면
서로의 속도가 비슷했더라면

여름 밤하늘에 뜬 별을 같이 보고
장마에 발길이 묶여
비를 핑계로 차 한 잔을 더하고

그렇게 함께하는 날이
하루하루 늘어나면
다가오는 여름밤을 함께할 수 있었을까요

한강에서의 피크닉

푸른 잔디 위에 돗자리를 펼치고
조그마한 테이블에 준비한 도시락 올려놓고
한강을 바라본다

비눗방울 날리며
뛰어노는 아이들과
꼬리 흔드는 강아지

구름 한 점 없는 맑은 하늘
오늘은 아무것도 생각하고 싶지 않아요
지금의 여유를 맘껏 느끼고 싶어요
그냥 그런 날이에요

만남

그런 날이 있다

문득 올려다본 하늘이
눈이 부시도록 맑아서
기분이 좋은 날
또 어떤 하루는 구름이 잔뜩 낀 채
잿빛으로 가득해서
좋았던 기분도 가라앉게 하는
그런 날도 있지

오늘은 어떤 날일까
퇴근길, 하늘을 올려다보며
네가 떠오르는 가사의 노래를 들어

"지금은 알지만, 그때는 몰랐던

그때의 우리는 지금을 알지 못했기에

순간순간이 즐거웠고

그게 마지막이 될 거라는 것을 알았더라면…"

어두운 하늘 속에서도

빛나는 초록 신호등을 보면

나는 희망을 품어

그러다 주황빛이 되면 잠시 멈출 준비를 하지

모든 만남의 끝이 좋을 수만은 없듯이

빨간불로 바뀌면 잠시 멈추는 법도 필요한 것 같아

여느 때처럼

무심코 지나는 하루 끝에

왠지 네가 서 있을 것만 같은 길을 걸으면서

잠이 오지 않는 밤

비가 오는 밤
네가 오고 있는 것 같은 착각이 들어
투 둑 - 투 둑
내 마음을 아는지 모르는지
무심히 내리는 비를 원망하면서도
하염없이 너를 기다리는 밤

잠이 오지 않는 이 밤
잠이 오지 않는 이 밤
투 둑 - 투 -둑

꽃다발

오늘도 창가에 놓인 꽃다발을 보며
살며시 미소 짓는다

때론 응석을 부리면서
철없는 아이의 모습을 보이다가도

꽃집 앞에 서성였을 너의
아이 같은 그 순수한 마음에
살며시 미소 짓는다

가로등 불빛

그냥 기분이 좋으니까요
매일 지나면서 보던 가로등 불빛도
오늘은 참으로 아름답고요

길가에 피어 있는 소소한 소국도
오늘따라 눈길이 갑니다

나카스강

같이 멈춰 서 보름달을 보고

어디든 마음에 드는 곳과

발길이 닿는 곳에 함께 멈출 수 있기를

행복이 찾아왔으면 해요

아무도 없는 텅 빈 놀이터
혼자 그네에 앉아 봅니다

두 줄을 잡고
슬쩍 두 발을 밀어 봅니다

생각보다
앞으로 나아가지 않습니다

생각보다
높이 오르지 않습니다

어릴 적 추억과는 조금 다른
조금은 쓸쓸한 그네 타기입니다

밀어 줄 누군가가

함께 이야기 나눌 누군가가

필요한 하루입니다

행복이 찾아왔으면 해요

국화꽃 한 송이

행복은 멀리 있는데
슬픔은 먹구름처럼
왜 한 번에 몰려오는가

떨리는 손으로
국화꽃 한 송이를
조심스럽게 올려놓는 네 모습

그 어떤 말이 위로가 될 수 있을까
침묵만이 내 마음을 대신한다

불안

어디에서 오는 걸까

어디에 살고 있어서

이렇게 자꾸 찾아오는 걸까

어딘지 모르게 휑하고 시린 것이

사계절을 가리지 않고

툭툭 찾아와

날 힘들게 하네

날 힘들게 하네

편안한 밤 보내세요

무서운 꿈을 꾸고 깨어난 아침
혹시나가 역시나
안 좋은 일만 가득한 하루

오늘 밤은 무탈히 지나가길
'편안한 밤 보내세요'라는 인사가
이렇게나 어려운 일이었던가

2부

거꾸로
매달린 꽃

때론 저 죽어 가는 꽃과

아니 어쩌면 이미 메마른 저 꽃과

내가 결코 다르지 않음을

예보에 없던 비가 내립니다

너무 늦지 않게 다가와

제 손을 잡아 주세요

여우비

볕이 난 잠깐
그 어느 때에 내린
여우비처럼
홀연히 사라진 그대

먼저 가렵니다

지나치지 않기를 바라면서도
그대를 떠나보냅니다
머물러 달라는 말은
제 욕심에 지나지 않을 테니
오늘은 그만 가세요

아니면 제가 먼저 가렵니다
돌아서는 뒷모습
바라보기 힘들어
제가 먼저 가렵니다

교차로

멈춰 있어요
한 발자국 떼는 게
이리 힘든 건지 알았더라면
시작하지 말았어야 했나요

도무지

계절이 오는 건
난만히 피어 있는 꽃
떨어지는 낙엽
내리는 함박눈으로
알 수 있지만

당신이 오고 있는지
어디쯤인지는
알 수가 없네요
도무지

무류(無謬)

누구도 먼저 말을 하지 않았지만

너는 내게 손을 내밀었고

나는 그 손을 잡았을 뿐이야

안개비

답답해서 창문을 열었다가
아무것도 신경 쓰지 않으려
다시 창문을 닫는다

짙어진 안개 사이로
오락가락 내리는 비처럼
내 마음도 좀처럼
정착할 수 없다

허영

특별히 꾸미지 않아도 풍겨 나오는 분위기와 여유를 볼
수 있어야 한다. 그러므로 우리는 가끔은 하나씩 내려놓
아도 좋다.

그래도 된다.

거꾸로 매달린 꽃

때론 저 죽어 가는 꽃과

아니 어쩌면 이미 메마른 저 꽃과

내가 결코 다르지 않음을

적막과 고요 속에

그림자 뒤로 숨어 버린 나

놀이터

살짝 닿은 어깨가
어색하면서도 설레는 밤

괜스레 멋쩍은 나는
달이 예쁘다며 사진을 찍는다

애꿎은 꽃잎만 계속 떨어지고

공백

비어 있는 내 인생의 공백

무엇으로 채워야 할지

도무지 감이 잡히지 않는다

별뉘

저 빛나는 두 개의 빛은
내가 보는 마지막 빛일까요
새로운 희망일까요

그런데 눈시울이 촉촉해지는 걸 보니
아마 오늘이 마지막 빛일 것 같네요

여름밤 2

말없이 물을 마시는 그대와
스스로 채우는 목걸이
사랑받지 못했던 여름밤

가끔은 돌아가고 싶지 않은
그 밤을 떠올린다

비행기

밤새 비가 내려
창문에 고이 맺힌
빗방울을 바라보며

우리가 앞으로
얼마나 함께할 수 있을지
생각해 본다

도자기 찻잔이 올려진
동그란 나무 테이블

강아지와 고양이
그리고 너의 비행기

유성(流星)

너에게 주어진 시간에 비례하여

멀어지는 나의 존재

옅어지는 너의 미소

흩어져 떠다니는 작은 유성과

다를 바 없는 나

이 밤 너의 곁으로

허락되지 않은 봄

아직 멀었습니다

봄이 오는 것도

그대가 내게 오는 것도

제겐 마치 허락되지 않은 봄인 것 같습니다

오늘도 해 본다

애써 태연한 척

3부

곁에 머무를 수
없다면

오래 남고 싶다
오래 머물고 싶다
너의 기억 저편에

허수아비

내가 아니어도
누군가 대신할 너의 옆자리

내가 할 수 있는 건
허수아비처럼 아무 말 없이
침묵하는 것

청춘 영화

인생은 청춘 영화와 같지 않았다

나의 이상은 그저 망상에 지나지 않았다

그해 여름

유난히 뜨거웠던

그해 여름

라일락도 아닌

라벤더도 아닌

제비꽃을 만났을 때

나는 비로소 자유가 되었다

상사화

정처 없이 거닐다 멈춘 호숫가
그리움이 덮인 듯 자욱한 안개 너머

호숫가 가장자리에 핀
상사화로 붉게 물든 호수

꽃이 필 땐 잎이 나지 않고
잎이 날 땐 꽃이 피지 않아
서로를 마주 볼 수 없다 하여
붙여진 이름 상사화

길게 머물 수 없는 마음이라 하여

나를 여름이라 불렀던 그가

사랑이 아닌 연민을 가르쳐 주고

봄을 만나 떠난 것처럼

그가 지난 이 자리에

아무도 모르게 흘린

한 방울의 눈물이

호수에 번진다

예정된 슬픔

평온했던 한 가정에서
누군가 사라짐으로 인해
모두가 눈물을 흘린다

세상에서 사라진다는 건
어떤 의미일까

분명히 태어나서 살게 한
이유가 있을 텐데
이제 그만 쉬어도 된다는 뜻일까

말소되는 주민등록증

사라지는 흔적

아직 내게 예정된 슬픔은

많이 남아 있다

조금은 두렵다

사랑하지 않은 것처럼

뻔한 레퍼토리 앞에서
나는 또 멀어진다
이번엔 다를 거라고 믿었는데
결코 다르지 않았다

또다시 사랑하지 않은 것처럼
나는 또 멀어진다

꽃

후-우 하고 입김을 불어 본다
금세 김이 서려진 창문 위로
꽃을 하나 새겨 본다

순간의 감정으로 시작된
우리의 만남처럼
창문 위에 새겨진 꽃은
금세 사라지고 만다

다시 후-우 하고 입김을 불어 본다
지울 수 없는 추억이
우리 마음에 새겨진 것처럼
아직 그 자리에 남아 있는 꽃

다시 꽃 피울 수 있기를
다시 만날 수 있기를

끝은 정해져 있다

차라리 물어보지 말 걸 그랬다

듣지 말 걸 그랬다

한 치의 망설임도 없이 나온

너의 대답은

오늘 밤 나의 잠을 다 깨우고 말았다

얄궂은 장난

어린아이가 얄궂은 장난을 친다

마음만 앞섰던 어린 날

가까이 다가가기엔

겁이 났던 걸까

곁에 머무를 수 없다면

오래 남고 싶다
오래 머물고 싶다
너의 기억 저편에

일상에서 문득 떠올라
잠시나마 너를
웃음 짓게 하는 사람이
나였으면 하고 바란다

때마침 도착한 버스

긴 말 필요 없어요

우리는 가끔 하고 싶은 말을
숨기고 사는 것 같아요

하지만 마음속으로 우리는 알죠
긴 말 필요 없어요

보고 싶어요

미완성

쇼펜하우어는 말했다
미완성은 보여 주지 말라고
그러나 나에겐 미완성도 완성이다
이 또한 아름다운 완성

딱 거기까지,

우리의 인연은 딱 거기까지,
눈앞에 놓인 그 선을 넘어야 하는데
너는 결코 발을 떼지 않는다

너의 몸짓, 표정에서도 나타나는
거리감은 나를 더 멀어지게 만든다

이어지지 않는 선
마주 보고 있는 우리
앞을 보지 못하는 우리

봉숭아꽃

봉숭아도 한해살이를 하는데
너는 그마저도 머물지 못하는구나

그런 네게 한 번 짙게 물든
내 마음은 옅어지기가 힘들다

궤도

나만의 궤도를 그리자

휘둘리지 말고

흔들리지 말고

잠시 멈추더라도

궤도를 이탈한 행성 때문에

휩쓸리지 말자

나만의 궤도를 그리자

소나기

그에게 나는 잠깐 내리고 그치는 소나기와 같았다

우산을 살 필요도, 비를 피할 생각도 하지 않아도 되는

잠시 들른 호기심을 마중 나온 것뿐이다

타인의 방

마치 타인의 방에 들어가는 것처럼

조심스럽고 또 조심스러운

너와 나의 관계